ROALD DAHL
FANTÁSTICO SR. RAPOSO

Tradução
Jeferson Luiz Camargo

4ª edição

GALERA
junior
RIO DE JANEIRO
2025

REVISÃO
Helena Guimarães Bittencourt
Marisa Rosa Teixeira
ILUSTRAÇÃO DE CAPA
Isadora Zeferino

ILUSTRAÇÕES DE MIOLO
Quentin Blake
TÍTULO ORIGINAL
Fantastic Mr. Fox

CIP-BRASIL. CATALOGAÇÃO NA PUBLICAÇÃO
SINDICATO NACIONAL DOS EDITORES DE LIVROS, RJ

D129f
Dahl, Roald
Fantástico Sr. Raposo / Roald Dahl ; ilustração Quentin Blake ; tradução Jeferson Luiz Camargo. - 4. ed. - Rio de Janeiro : Galera Júnior, 2025.

Tradução de: Fantastic Mr. Fox
"Edição especial"
ISBN 978-65-84824-19-5

1. Ficção. 2. Literatura infantojuvenil inglesa. I. Blake, Quentin. II. Camargo, Jeferson Luiz. III. Título.

23-84235

CDD: 808.899282
CDU: 82-93(410.1)

Meri Gleice Rodrigues de Souza - Bibliotecária - CRB-7/6439

FANTASTIC MR. FOX © The Roald Dahl Story Company Limited, 1970.
Roald Dahl é uma marca registrada de The Roald Dahl Story Company Ltd.

FANTASTIC MR. FOX: Illustrations copyright © 1996, 1998 by Quentin Blake.

Todos os direitos reservados.
Proibida a reprodução, no todo ou em parte, através de quaisquer meios.
Os direitos morais do autor foram assegurados.

Texto revisado segundo o novo Acordo Ortográfico da Língua Portuguesa.

Direitos exclusivos de publicação em língua portuguesa somente para o Brasil
adquiridos pela
EDITORA GALERA RECORD LTDA.
Rua Argentina, 120 - Rio de Janeiro, RJ - 20921-380 - Tel.: (21) 2585-2000,
que se reserva a propriedade literária desta tradução.

Impresso no Brasil

ISBN 978-65-84824-19-5

Seja um leitor preferencial Record.
Cadastre-se e receba informações sobre nossos
lançamentos e nossas promoções.

Atendimento e venda direta ao leitor:
sac@record.com.br

Para Olivia

Os três fazendeiros

Lá embaixo, no vale, havia três fazendas. Seus donos eram homens muito ricos, mas também muito malvados. Para falar a verdade, os três eram incrivelmente malvados e mesquinhos. Chamavam-se Boque, Bunco e Bino.

Boque criava galinhas. Na sua fazenda havia milhares de galinhas. Ele era gordo como um elefante, já que todos os dias no café da manhã, no almoço e no jantar Boque comia três frangos assados com bolinhos de carne.

Na fazenda de Bunco eram criados milhares de patos e gansos. Bunco era pequeno e barrigudo. Era tão baixinho que qualquer poça de água era funda demais para ele. Seu prato predileto eram bolinhos recheados com patê de fígado de ganso. De tanto comer os tais bolinhos, Bunco estava sempre com dor de barriga. E por causa da dor de barriga ele vivia de mau humor.

Bino criava perus e plantava maçãs. Milhares de perus passavam o dia debaixo das macieiras de seu pomar. Bino nunca comia nada. Em compensação, bebia garrafas e mais garrafas de vinho de maçã, que ele próprio fabricava. Era magro como um palito, e o mais inteligente dos três.

Boque, Bunco e Bino,
Um gordo, um nanico e um fino.
Boque gordão, cara de balão,
Bunco nanico, cara de penico,
E o magrela do Bino, cara de pepino.

Era assim que as crianças cantavam sempre que encontravam os fazendeiros.

Sr. Raposo

Numa colina, acima do vale, havia uma floresta. Na floresta havia uma árvore imensa. Embaixo da árvore havia uma toca. Nessa toca viviam Sr. Raposo, Dona Raposa e suas quatro raposinhas.

Todos os dias, ao anoitecer, Sr. Raposo perguntava para Dona Raposa:

— Então, querida, o que vamos comer esta noite? Uma galinha bem gorda do Boque? Um pato ou um ganso do Bunco? Ou, quem sabe, um belo peru do Bino?

Assim que Dona Raposa fazia sua escolha, o Sr. Raposo descia para o vale e, na escuridão da noite, acabava conseguindo o que queria.

Os três fazendeiros ficavam ensandecidos de raiva. Boque, Bunco e Bino não davam nada de graça, por isso ficavam furiosos quando algo deles era roubado. Todas as noites cada um dos três pegava sua espingarda e se escondia num canto escuro da sua fazenda, esperando o ladrão aparecer.

Sr. Raposo, porém, era bem mais esperto do que eles: só se aproximava de uma das fazendas quando o vento soprava em sua direção. Quando o dono da fazenda estava escondido por perto, o vento trazia o cheiro dele até o nariz da raposa. Portanto, quando Boque estava escondido atrás do Galinheiro-Número-Um, Sr. Raposo sentia o cheiro dele a uns cem metros de distância, mudava de direção e atacava o Galinheiro-Número-Quatro, do outro lado da fazenda.

— Maldito bicho piolhento! — berrava Boque.
— Que vontade de esganá-lo! — reclamava Bunco.
— Precisamos matá-lo! — gritava Bino.
— Mas de que jeito? — perguntava Boque. — Como vamos fazer para agarrar esta raposa sem-vergonha?

Certo dia, limpando lentamente o nariz com seus dedos compridos, Bino afirmou:

— Eu tenho um plano!

— Até hoje você não teve um plano que prestasse — disse Bunco.

— Cale a boca e escute — esbravejou Bino. — Amanhã à noite nós três vamos ficar escondidos bem ao lado da toca onde mora a raposa. Vamos esperar até ela resolver sair. Aí então... *bang-bang! Bang-bang!*

— Muito espertinho — disse Bunco —, só que nós não sabemos onde fica a toca.

— Meu caro Bunco, isso eu já descobri — afirmou Bino, que era o mais esperto dos três. — Fica bem no alto da colina, no meio da floresta, embaixo de uma árvore enorme..

A caçada

— Então, querida — começou o Sr. Raposo —, o que vamos comer esta noite?

— Acho que um delicioso pato cairia muito bem — respondeu Dona Raposa. — Por favor, querido, traga dois patos bem gordos. Um para nós dois e outro para as crianças.

— Pois então vamos comer pato! Os melhores patos do Bunco! — declarou Sr. Raposo, todo entusiasmado.

— Mas cuidado, hein! — advertiu Dona Raposa.

— Querida, sinto o cheiro daqueles valentões a quase dois quilômetros de distância — explicou Sr. Raposo. — Já até consigo distinguir o cheiro de cada um. Boque é fedido como carne de galinha estragada. Bunco tem sempre um cheiro horrível de fígado de ganso. E Bino vive soltando arrotos de vinho de maçã.

— Está bem, mas mesmo assim tome cuidado — aconselhou Dona Raposa. — Você sabe muito bem que os três não veem a hora de agarrar você.

— Não se preocupe comigo — disse Sr. Raposo. — Até mais tarde.

Sr. Raposo não estaria tão confiante se soubesse exatamente *onde* os três fazendeiros estavam esperando por ele.

Boque, Bunco e Bino estavam agachados atrás de uma árvore, cada um segurava uma espingarda carregada, bem pertinho da toca. Para piorar as coisas, escolheram muito bem onde ficar. Colocaram-se contra o vento, de modo que Sr. Raposo não pudesse "sentir o cheiro" deles.

Sr. Raposo subiu pelo túnel escuro até a entrada da toca. Pôs a cara comprida para fora, sentiu a brisa noturna e aguçou as narinas, tentando farejar algum perigo.

Avançou alguns centímetros e parou.

Farejou mais uma vez.

Avançou um pouquinho mais. A parte da frente do corpo estava todinha para fora da toca.

Seu focinho preto não parava de se mexer, para lá e para cá, farejando, procurando algum cheiro que significasse perigo. Não encontrou nada. Estava prestes a sair em direção à floresta quando ouviu um barulhinho, como se alguém tivesse pisado muito de leve em algumas folhas secas.

Sr. Raposo abaixou-se e ficou imóvel, deitado no chão. Aguçou os ouvidos e permaneceu parado por um bom tempo, mas não ouviu mais nada. "Deve ter sido um ratinho-do-campo", pensou ele.

Resolveu avançar um pouco mais, bem devagar. Quando seu corpo já estava todo para fora da toca, Sr. Raposo deu uma última olhada ao redor, por precaução. A mata estava escura e silenciosa, e a lua brilhava no céu.

Foi então que seus olhos, ótimos para enxergar no escuro, perceberam um ligeiro brilho por trás de uma árvore. Não havia dúvidas de que era um raiozinho prateado da lua refletindo numa superfície de metal. Sr. Raposo ficou imóvel, observando. O que seria aquilo? E agora estava se movendo! Subindo, subindo... *nossa! O cano de uma espingarda!* Mais rápido que uma faísca, Sr. Raposo pulou de volta para a toca, no mesmo instante em que a mata inteira parecia explodir ao seu redor. *Bang-bang! Bang-bang! Bang-bang!*

A fumaça dos tiros empesteava o ar. Boque, Bunco e Bino saíram do esconderijo e correram em direção à toca.

— Será que conseguimos? — eles se perguntavam.

Um deles iluminou a entrada da toca com uma lanterna. E, no foco de luz, ali no chão, os três homens viram espalhados os restos de... um rabo de raposa. Bino abaixou-se e apanhou um pedaço de pele.

— Pegamos o rabo, mas a raposa escapou — disse ele, jogando para longe o que tinha sobrado do rabo do Sr. Raposo.

— Maldito bicho piolhento! — exclamou Boque. — Atiramos tarde demais. Devíamos ter mandado bala assim que ele colocou a cabeça para fora.

— Agora é que essa raposa vai tomar mil cuidados antes de sair daí outra vez — afirmou Bunco.

Bino tirou um cantil do bolso, tomou um gole grande de vinho de maçã e falou:

— Vai demorar pelo menos três dias para ela sair atrás de comida novamente. Eu é que não vou ficar aqui sentado, esperando. Vamos cavar, abrir essa toca e arrancar a raposa à força.

— Ah! — exclamou Boque —, agora sim você está dizendo alguma coisa que preste. Vamos desenterrar a raposa. Sabemos que ela está aí dentro e vamos pegá-la.

— Estou achando que nessa toca mora uma família inteira de raposas — disse Bunco.

— Então acabaremos com todas — respondeu Bino.
— Vamos pegar as pás!

As pás terríveis

Dentro da toca, Dona Raposa cuidava carinhosamente do ferimento do Sr. Raposo. Enquanto fazia os curativos, ela dizia desconsolada:

— Era o rabo mais bonito deste mundo.
— Está doendo muito — reclamou Sr. Raposo.
— Eu sei, meu amor, mas a dor já vai passar.
— Não fique triste, papai, logo ele vai crescer de novo — disse uma das Raposinhas.
— Não vai crescer nunca mais, filho. Vou ficar sem rabo pelo resto da vida — lamentava o Sr. Raposo.

Naquela noite ninguém comeu nada. As crianças e Dona Raposa logo pegaram no sono. Mas o Sr. Raposo não conseguia dormir, de tanta dor. Deitado no seu canto, ele pensava: "Afinal de contas, tive muita sorte por ter escapado com vida. Mas o pior é que agora descobriram nossa toca. Temos de nos mudar daqui o mais depressa possível. Não vamos mais ter sossego se..."

Mas o que era *aquilo*? Sr. Raposo olhou para o teto da toca. Um barulho estranho vinha lá de cima. Logo percebeu o que estava acontecendo. Era o som mais apavorante que uma raposa poderia ouvir: o *crof, crof, crof* das pás que vinham cavoucando a terra, abrindo caminho para baixo.

— Acordem! — gritou ele. — Estão tentando nos arrancar daqui!

Dona Raposa acordou num segundo. Ficou sentada, tremendo de medo.

— Tem certeza? — ela perguntou, baixinho.

— Certeza absoluta! Preste atenção!

— Eles vão matar meus filhos! — gritou Dona Raposa.

— Nunca! — exclamou Sr. Raposo.

— Mas é o que eles querem fazer, querido. Você sabe que é — choramingava Dona Raposa.

As pás continuavam com seu assustador *crof, crof, crof.* Pedrinhas e punhados de terra despencavam por todo lado.

— O que estão tentando fazer com a gente, mamãe? — perguntou uma das Raposinhas com os olhos pretos arregalados de medo. — Será que eles têm cachorros?

Dona Raposa não parava de chorar. Aproximou-se dos filhotes e abraçou-os com força.

De repente, ouviram o barulho mais terrível de todos e a ponta afiada de uma pá atravessou o teto da toca. Então Sr. Raposo teve uma ideia. Começou a pular e gritar desesperadamente:

— Já sei o que fazer! Vamos lá! Não podemos perder tempo! Por que não pensei nisso antes?

— Pensou no que, papai?

— Raposas cavam muito mais depressa do que gente! — gritou Sr. Raposo, já começando a cavar. — Ninguém no mundo consegue cavar mais rápido do que nós! Vamos, cavem, cavem, cavem!

Voava terra por todo lado. Sr. Raposo cavava furiosamente com as patas da frente. Dona Raposa e as quatro Raposinhas não perderam tempo e começaram a cavar também.

— Para baixo! — ordenou Sr. Raposo. — Temos que fazer um buraco bem fundo! O mais fundo possível!

O túnel foi ficando comprido, furando a terra, descendo sempre. A família inteira cavava sem parar. Suas patas se moviam tão depressa que nem dava para vê-las. O *crof, crof, crof* das pás foi ficando cada vez mais distante.

Mais ou menos uma hora depois, Sr. Raposo parou de cavar. Gritou para que todos parassem também. Olharam para trás e viram o túnel imenso que tinham cavado. Era tão comprido que ninguém conseguia ver o fim dele.

— Ufa! — declarou Sr. Raposo, aliviado —, acho que conseguimos! Eles nunca vão cavar tão fundo assim. Bom trabalho, pessoal!

Sem fôlego, sentaram para descansar. Dona Raposa olhou para os filhos e disse:

— Devemos a vida ao seu pai. Se não fosse por ele, agora estaríamos todos mortos. O pai de vocês é uma raposa fantástica.

Sr. Raposo olhou com carinho para a esposa e sorriu. Ele amava Dona Raposa mais do que nunca quando ela dizia essas coisas.

Os tratores terríveis

Boque, Bunco e Bino cavaram até o sol nascer. O buraco que fizeram era tão grande que dentro dele cabia até uma casa. Mesmo assim, não conseguiram alcançar a raposa. Estavam muito cansados e de mau humor.

— Que droga! — exclamou Boque. — Quem foi que teve essa maldita ideia?

— Foi o Bino — respondeu Bunco.

Boque e Bunco olharam para Bino, que estava bebendo mais um gole de vinho de maçã. Ele guardou o cantil sem oferecê-lo aos outros e disse, furioso:

— Escutem aqui, eu quero aquela raposa! Tenho que pegá-la! Não vou desistir enquanto ela não estiver pendurada na porta da minha varanda, mortinha, mortinha! Entenderam?

— É, mas não vai ser desse jeito que vamos conseguir alguma coisa — disse Boque. — Já estou cheio de ficar aqui cavoucando!

Bunco estava mais mal-humorado do que nunca. Olhou para Bino e perguntou:

— E então? Será que você não tem mais nenhuma ideia idiota?

— O quê?! — gritou Bino. — Não consigo ouvir.

Bino nunca tomava banho, e por isso seus ouvidos estavam imundos. Tinha de tudo lá dentro: terra, pedaços de chiclete, cera, moscas mortas. De tanta sujeira, ele não conseguia ouvir.

— Fale mais alto. — pediu Bino.

— Eu perguntei se você não tem mais alguma das suas ideias estúpidas — insistiu Bunco, berrando.

Bino coçou a cabeça com as unhas compridas e sujas. Pensou um pouco e disse:

— Nós precisamos é de máquinas superpotentes para cavar mais rápido e mais fundo. Precisamos de... *escavadeiras mecânicas*. Vamos pegar essa raposa em cinco minutos com uma escavadeira mecânica.

Boque e Bunco tinham de admitir, era uma ótima ideia. Bino estava orgulhoso de si e começou a dar as ordens:

— Pois muito bem, vamos lá. Boque, você fica aqui e não deixe a raposa escapar. Eu e Bunco vamos buscar as máquinas. Se essa peste tentar sair daí, mande bala.

Bino saiu andando na frente e Bunco foi atrás. Boque continuou sentado no mesmo lugar, com a espingarda apontada para a toca da raposa.

Não demorou muito para Bunco e Bino voltarem. Cada um vinha dirigindo um trator enorme, desses com escavadeiras mecânicas. Faziam um barulho infernal. As máquinas eram pretas e pareciam dois monstros assassinos e desumanos, com uma boca gigantesca escancarada, pronta para engolir qualquer coisa.

— Lá vamos nós! — gritou Bino.

— Morte à raposa! — berrou Bunco.

As máquinas entraram em ação. Terra e pedras voavam por todo lado, os arbustos eram arrancados e as flores esmagadas. A árvore que protegia a toca do Sr. Raposo tremia como gelatina. O barulho era insuportável.

No fundo do túnel, as raposas estavam encolhidas, escutando o rugido pavoroso que vinha lá de cima.

— O que está acontecendo, papai? — gritavam as Raposinhas. — O que eles estão fazendo?

Sr. Raposo também não estava entendendo nada.

— É um terremoto! — gritou Dona Raposa.

— Olhem! — exclamou uma das Raposinhas —, nosso túnel ficou menor! Estou vendo a luz do dia!

Era verdade. O túnel havia encurtado e já dava para ver as escavadeiras que se aproximavam.

— Tratores! — gritou Sr. Raposo. — E escavadeiras *mecânicas*! Depressa, comecem a cavar! *Depressa! Depressa!*

A corrida

E assim teve início uma corrida desesperada. As máquinas iam engolindo a terra atrás das raposas. No começo, a colina estava assim:

Mais ou menos uma hora depois, enquanto as máquinas removiam mais e mais terra do topo da colina, ficou assim:

Às vezes as raposas ganhavam terreno e o rugido das máquinas enfraquecia. Mas as máquinas eram muito rápidas e logo já estavam de novo em cima da família de raposas. Sr. Raposo não parava de repetir:

— Depressa, cavem, nós vamos conseguir!

A corrida parecia não ter fim. Houve um momento em que uma das escavadeiras quase apanhou Dona Raposa.

— Não parem de cavar! — disse Sr. Raposo. — Não desistam!

— Não parem de cavar! — berrava Boque, que observava tudo, enquanto Bunco e Bino dirigiam as máquinas. — Já estamos quase alcançando a raposa!

— Já conseguiu vê-la? — gritou Bino.

— Ainda não, mas acho que agora vocês estão bem perto!

— Vou arrancá-la daí com a minha escavadeira! — gritava Bunco. — Não vai sobrar nem um pedacinho dessa raposa maldita!

Já era hora do almoço e nada de as máquinas alcançarem as raposas. Mas continuavam cavando, e as raposas fugindo. A colina agora já estava assim:

Os fazendeiros não paravam nem para comer. Mal podiam esperar para conseguir o que queriam.

— Ei, você aí, bicho piolhento! — berrou Boque. — Desta vez você não escapa!

— Você comeu seu último ganso! — gritou Bunco. — Nunca mais vai rondar a *minha* fazenda!

Os três homens estavam fora de si. Bino, o magricela, e Bunco, o nanico, dirigiam suas máquinas furiosamente, acelerando sem parar e triturando a terra a toda velocidade. Boque, o gordão, pulava feito um sapo e gritava:
— Mais rápido! Vamos, mais rápido!
Lá pelas cinco da tarde, era isso que a colina havia se tornado:

O buraco já estava do tamanho de uma cratera de vulcão. Os três fazendeiros faziam tanto barulho e tanta confusão, que um monte de gente veio correndo das cidades vizinhas para ver o que estava acontecendo. As pessoas se aglomeravam ao redor da cratera, olhando lá para baixo, onde estavam Boque, Bunco e Bino.

— Ei, Boque! O que está acontecendo?
— Estamos atrás de uma raposa!
— Parece até que vocês perderam o juízo!
As pessoas não paravam de rir dos três fazendeiros. E eles ficaram ainda mais furiosos. Estavam mais decididos do que nunca, não iriam desistir enquanto não matassem a raposa.

"Não vamos deixá-la escapar"

No final da tarde, Bino desligou o motor e desceu de sua máquina. Bunco fez a mesma coisa. Estavam muito cansados e doloridos depois de passar o dia inteiro dirigindo os tratores, sem parar, e também estavam famintos. Então os três fazendeiros foram caminhando lentamente em direção à toca da raposa, ao fundo do buraco imenso. Bino estava com a cara vermelha de tanta raiva. Bunco estava proferindo xingamentos furiosos contra a raposa. De repente, Boque começou a gritar:

— Maldito bicho piolhento! Bicho fedorento! Raposa de uma figa! — exclamou ele. — O que vamos fazer agora?

— Pois vou lhe dizer o que nós *não* vamos fazer — disse Bino, mais vermelho que um pimentão. — Não vamos deixá-la escapar! — Não vamos deixá-la escapar nunca! — declarou Bunco.

— Nunca, nunca e nunca! — exclamou Boque.

Bino se agachou, enfiou a cabeça na entrada da toca e gritou:

— Ouviu isso, raposa? Fique sabendo que não vamos desistir! Só voltaremos para casa quando você estiver morta! Acabada! Destruída!

Então Boque, Bunco e Bino juraram solenemente que não voltariam para suas fazendas enquanto não pegassem a raposa.

— Qual será o próximo passo? — perguntou Bunco.

— Vamos te empurrar nesse buraco para que você capture a raposa, — respondeu Bino. — Vamos, pode ir entrando!

— Nem morto! — gritou Bunco, se afastando assustado.

Bino soltou uma gargalhada estridente. Quando sorria, deixava à mostra seus dentes cheios de cáries. Parecia que tinha mais cáries do que dentes.

— Bom, só temos uma coisa a fazer — continuou Bino —, matar a raposa de fome. Vamos acampar aqui e vigiar a toca dia e noite. Ela vai acabar saindo. Ela tem que sair.

Então Boque, Bunco e Bino mandaram buscar barracas, cobertores e comida em suas fazendas. E ali mesmo, na colina esburacada, montaram um acampamento.

As raposas começam a morrer de fome

Naquela noite, os fazendeiros armaram as três barracas ao redor da toca do Sr. Raposo. Os três jantaram ali mesmo. Boque comeu três frangos assados com bolinhos de carne, Bunco devorou seis bolinhos fritos recheados com patê de fígado de ganso, e Bino bebeu dois galões de vinho de maçã. Mesmo enquanto comiam, não desgrudavam das espingardas.

Boque pegou um frango tostado e cheiroso e o segurou bem na entrada da toca.

— Está sentindo o cheirinho, raposa? — gritou ele. — É um franguinho macio e saboroso! Por que não sobe até aqui para comer um pedaço?

O delicioso cheiro de frango entrou pelo túnel até chegar ao lugar onde as raposas estavam encolhidas.

— Papai — disse uma das Raposinhas —, será que a gente não podia subir bem de mansinho e arrancar o frango da mão dele?

— Nem pense nisso! — disse Dona Raposa. — É exatamente o que eles querem que você faça!

— Mas estamos com *tanta* fome! Até quando vamos ter que ficar sem comer?

Dona Raposa e Sr. Raposo ficaram em silêncio. Eles também não sabiam a resposta.

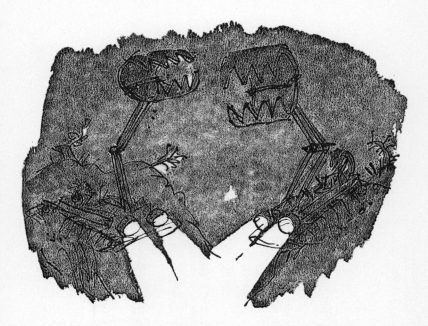

Quando a noite chegou, Bunco e Bino acenderam os possantes faróis dos tratores para iluminar a cratera.

— Agora — disse Bino — vamos nos revezar para vigiar a toca da raposa durante a noite. Enquanto dois dormem, um fica de olhos bem abertos. Vamos nos revezar de hora em hora.

— E se a raposa fizer um túnel por baixo da colina e escapar pelo outro lado? — perguntou Boque. — Ninguém pensou nisso, não é?

— Óbvio que eu pensei — disse Bino, fingindo que tinha pensado mesmo.

— Tudo bem, sabichão. Qual é a sua ideia? — perguntou Boque.

Bino catou uma sujeira de dentro do ouvido antes de falar.

— Quantos homens trabalham nas fazendas de vocês? — perguntou ele.

— Na minha fazenda trabalham trinta e cinco — respondeu Boque.

— Na minha, trinta e seis — disse Bunco.

— Eu tenho trinta e sete homens trabalhando para mim — disse Bino. — No total, temos cento e oito homens. Se todos pegarem suas armas e cercarem a colina, quero só ver essa raposa escapar!

Então cada um mandou ordens para sua fazenda, e em pouco tempo os cento e oito homens formavam um círculo em volta da colina. Os empregados de Boque, Bunco e Bino estavam armados com pedaços de pau, espingardas, machados e revólveres. Ninguém iria conseguir escapar da colina naquela noite. Ninguém mesmo.

No dia seguinte, todos permaneceram vigilantes. Boque, Bunco e Bino ficaram sentados em seus banquinhos enquanto olhavam fixamente para a toca da raposa. Eles nem conversavam, apenas ficaram sentados lá com as espingardas no colo.

De vez em quando Sr. Raposo ia bem de mansinho até a boca do túnel, dava uma farejada e voltava para baixo, dizendo:

— Ainda estão lá.

— Tem certeza? — perguntava Dona Raposa.

— Não tenho a menor dúvida — respondia Sr. Raposo. — Estou sentindo o cheiro de Bino. Ele é muito fedido.

O plano do Sr. Raposo

Aquela lenga-lenga durou três dias e três noites.

— Quanto tempo uma raposa aguenta ficar sem água e comida? — perguntou Boque no terceiro dia.

— Três dias no máximo — respondeu Bino. — Logo ela vai tentar sair. Vai ser obrigada.

Bino tinha razão. No fundo do túnel, as raposas estavam começando a morrer de fome.

— Eu quero água. Nem que seja só um pouquinho — disse uma das Raposinhas. — Por favor, papai, faça *alguma coisa*!

— E se a gente tentasse sair correndo, papai? — perguntou a Raposinha mais nova.

— Parem com essa conversa! — disse Dona Raposa, nervosa. — Ninguém vai subir até lá para dar de cara com aquelas espingardas. Prefiro que fiquemos todos aqui para morrermos em paz.

Já fazia um tempão que Sr. Raposo não dizia nada. Estava sentado imóvel, de olhos fechados, parecia nem ouvir o que os outros diziam. Mas Dona Raposa sabia que ele estava tentando achar desesperadamente uma saída para a situação. Algum tempo depois Sr. Raposo se levantou e encarou a esposa, os olhos brilhando.

— O que foi, querido? — perguntou Dona Raposa.
— Acabei de ter uma ideia — respondeu Sr. Raposo.
— O quê? — gritaram as Raposinhas. — Que ideia, papai? Vamos, diga logo que ideia você teve!
— *Por favor*, querido! — disse Dona Raposa. — Fale logo no que você está pensando!
— Bem...

Sr. Raposo começou a falar e parou. Deu um suspiro, balançou a cabeça e sentou de novo.

— Não adianta — lamentou ele. — Não vai dar certo. É impossível.

— Por que é impossível, papai? — perguntou a Raposinha mais velha.

— Porque teríamos de cavar muito mais. Há três dias não comemos nada. Estamos muito fracos.

— Não estamos não, papai! — gritaram as Raposinhas. — Ainda temos muita força! Você vai ver só como temos! E você também tem!

Sr. Raposo olhou para os filhos e sorriu. *Que filhos maravilhosos eu tenho* pensou ele. *Estão morrendo de fome e sem beber água há três dias, mas não desistiram. Não posso decepcioná-los*, pensou Sr. Raposo.

— Então... acho que podemos tentar? — arriscou Sr. Raposo.

— Vamos! — gritou uma Raposinha.

— Vamos, vamos logo! — gritou outra Raposinha.

— Vamos lá, papai! O que é que a gente tem que fazer?

Dona Raposa se levantou devagar. Era quem mais estava sofrendo ali, estava muito fraca e já não conseguia ficar de pé.

— Me perdoem, acho que não vou poder ajudar muito — desculpou-se ela.

— Você vai ficar aí bem quietinha, querida — disse Sr. Raposo. — Pode deixar que nós cuidamos disso.

O Galinheiro-Número-Um
do Boque

— Agora vamos cavar numa direção muito especial — disse Sr. Raposo.

As quatro Raposinhas prestaram bastante atenção nas ordens do pai e logo começaram a cavar. O túnel foi crescendo devagarinho.

— Papai, para *onde* estamos indo? — perguntou uma das Raposinhas.

— Ainda não posso dizer — respondeu Sr. Raposo —, pois o lugar que *espero* que possamos chegar é tão *maravilhoso* que vocês iriam perder a cabeça com tanta expectativa. Mas, se não conseguirmos (o que é bem possível), então vocês morreriam de decepção. E não quero decepcionar vocês, minhas Raposinhas.

Eles trabalharam sem parar. Já não sabiam se era dia ou noite, pois dentro do túnel era sempre escuro. Finalmente, depois de muito tempo, Sr. Raposo pediu para pararem.

— Acho que está na hora de dar uma espiada lá em cima — disse ele —, tomara que eu esteja certo.

Começaram, então, a cavar bem devagarinho para cima, na direção da superfície. Foram subindo, subindo... até que, de repente, toparam com alguma coisa sólida. Sr. Raposo se ergueu para tentar descobrir o que era aquilo.

— É madeira! — exclamou baixinho. — Madeira de assoalho.

— E daí, papai? — perguntou a Raposinha mais velha.

— E daí que, se eu não estiver enganado, isso quer dizer que estamos bem embaixo da casa de alguém — sussurrou Sr. Raposo. — Agora fiquem bem quietinhos que eu vou dar uma espiada.

Com todo o cuidado, Sr. Raposo começou a empurrar uma das tábuas do assoalho. De repente, a madeira despregou do chão, causando um barulhão. As Raposinhas taparam os olhos e se encolheram, assustadas. Mas nada aconteceu, e Sr. Raposo empurrou mais uma tábua. Com todo o cuidado do mundo, ele enfiou a cabeça pela abertura e não conteve um grito de alegria.

— *Conseguimos!* Conseguimos logo de primeira! *Conseguimos! Conseguimos!* — gritava ele.

Rapidamente, Sr. Raposo passou pela abertura do assoalho e, lá em cima, logo dançava e pulava de alegria.

— Venham! Subam vocês também! — dizia ele. — Venham ver onde estamos! É maravilhoso! Corram, venham ver, minhas Raposinhas! Viva! Viva! Oba! Viva!

As quatro Raposinhas subiram correndo e, por alguns momentos, acharam que estavam sonhando. Estavam dentro de um barracão enorme, cheio de galinhas. Milhares de galinhas brancas, pretas, amarelas. Galinhas gordas e suculentas!

— O Galinheiro-Número-Um do Boque! — gritava Sr. Raposo. — Exatamente aonde eu queria chegar! Acertamos em cheio! E logo na primeira tentativa! Isso é fantástico! *E*, se me permitem, muito esperto da minha parte!

As Raposinhas pulavam de alegria. Corriam para todos os lados, caçando as galinhas.

— Esperem! — gritou Sr. Raposo. — Calma! Temos que fazer tudo direitinho. Primeiro, vamos todos beber água.

Correram para o bebedouro das galinhas e tomaram água! Depois, Sr. Raposo escolheu as três galinhas mais gordas e matou-as com muita agilidade.

— Todos de volta para o túnel! — ele ordenou. — Depressa! Não podemos perder tempo com bobagens! Vamos logo! Ou vocês não querem comer essas galinhas?

Então, uma após a outra, as Raposinhas voltaram bem depressa para o túnel escuro. Sr. Raposo recolocou as tábuas no lugar para ninguém desconfiar que haviam mexido ali. Em seguida, deu as três galinhas para a Raposinha mais velha.

— Meu filho, leve estas galinhas para a sua mãe — disse ele. — Diga a ela para preparar uma grande festa. Diga que logo estaremos de volta, assim que resolvermos algumas coisinhas por aqui.

Dona Raposa tem uma surpresa

A Raposinha saiu correndo de volta pelo túnel, levando as três galinhas gordas. Só em pensar na surpresa da Dona Raposa, ela ficava ainda mais contente. O túnel era muito comprido, mas a Raposinha não parou nem uma vez. Quando chegou, atirou-se em cima de Dona Raposa.

— Mamãe! — gritou, quase perdendo o fôlego. — Acorde, mamãe! Veja o que eu trouxe!

Dona Raposa, que estava mais fraca do que nunca por causa da fome, abriu um pouquinho os olhos e viu as galinhas.

— Estou sonhando — disse ela baixinho, e fechou os olhos de novo.

— Não é sonho não, mamãe! São galinhas de verdade! Olhe! Não vamos morrer de fome!

Dona Raposa arregalou os olhos e sentou-se rapidamente.

— O quê? *Galinhas*? — gritou ela, em choque. — Onde foi que…?

— No Galinheiro-Número-Um do Boque! — respondeu a Raposinha. — Cavamos um túnel que foi dar direto lá. Tinha galinha saindo pelo ladrão! Papai disse para você preparar uma festa. Logo eles vão estar de volta.

Só de olhar as galinhas, Dona Raposa já começou a sentir-se melhor. Levantou-se muito entusiasmada.

— Pois então vamos fazer essa festa — disse ela. — Seu pai é mesmo um raposo fantástico. Vamos, venha me ajudar a preparar estas galinhas!

Enquanto isso, no túnel, o fantástico Sr. Raposo dava novas ordens.

— Agora vai ser mais fácil, minhas Raposinhas — dizia ele. — O lugar aonde eu quero chegar não deve ser muito longe.

— E aonde você quer chegar, papai?

— Sem perguntas, minha gente! Vamos cavar!

O Texugo

Sr. Raposo e as três Raposinhas que ficaram começaram a cavar bem depressa. Estavam tão felizes, que até esqueceram do cansaço e da fome. Logo teriam uma festa de arromba, e apenas isso importava. Quando se lembravam do bobalhão do Boque sentado na colina, quase morriam de rir. Era uma delícia pensar que as galinhas que iriam comer pertenciam justamente ao fazendeiro que queria matá-los de fome.

— Continuem cavando, crianças. — disse Sr. Raposo — Estamos quase lá.

De repente, uma voz grossa soou acima de suas cabeças:
— *Quem está aí?*
As raposas levaram o maior susto. Olharam para cima e viram uma carinha comprida, pontuda, peluda e preta espiando por um buraquinho no teto do túnel.
— Texugo! — gritou Sr. Raposo.
— Raposão! — gritou o Texugo. — Puxa vida, que bom que finalmente encontrei *alguém*! Estive cavando em círculos faz três dias e três noites e não faço ideia de onde estou!
Texugo alargou o buraco do teto e pulou para junto das raposas. O filho dele, Texuguinho, desceu logo atrás.
— Por acaso você sabe *o que* está acontecendo lá na colina? — perguntou o Texugo, nervoso. — Parece o fim do mundo! A floresta está desaparecendo e tem homem de espingarda por todos os lados! Nós estamos presos aqui debaixo da terra, nem à noite conseguimos sair. Vamos acabar morrendo de fome!
— O que você quer dizer com *nós*? — perguntou Sr. Raposo.

— Nós, ora! Nós cavadores, que vivemos aqui embaixo. Eu, você, a Toupeira, o Coelho e nossas famílias. Nem a Doninha, que é tão esperta, está conseguindo sair dessa. O que vamos fazer, Raposão? Acho que é o fim!

O Sr. Raposo olhou para seus três filhotes e sorriu. As Raposinhas olharam para ele e sorriram de volta, cúmplices, pois sabiam de seu segredo.

— Amigo Texugo — disse Sr. Raposo —, eu sou o único culpado dessa encrenca toda...

— Sei muito bem que a culpa é toda sua! — disse Texugo. — Aqueles fazendeiros não vão sossegar enquanto não pegarem você. E o pior é que todos *nós* que moramos aqui na colina também estamos condenados.

Texugo se sentou e abraçou seu filhote, Texuguinho. Olhou tristemente para Sr. Raposo.

— Estamos perdidos — choramingou baixinho. — Minha mulher está tão fraca que não consegue nem sair do lugar.

— Nem a minha! — disse Sr. Raposo. — Mas acontece que, neste exato momento, ela está preparando um grande banquete com as galinhas mais gordas e apetitosas deste mundo...

— Pare com isso! — gritou Texugo. — Não é hora para brincadeiras!

— Mas é verdade! — gritaram as Raposinhas. — Papai não está brincando! Temos um monte de galinhas!

— E, já que a culpa é toda minha — disse Sr. Raposo —, *todo mundo* está convidado para o meu banquete: você, a Toupeira, o Coelho, a Doninha e as famílias de vocês. Há comida para todos, eu garanto!

— É sério? — gritou Texugo. — Você não está brincando *mesmo*?

Sr. Raposo chegou bem pertinho do Texugo e perguntou com uma voz de mistério:

— *Sabe* de onde estamos vindo?

— De onde?

— Do Galinheiro-Número-Um do Boque!

— Não acredito!

— Pode acreditar. Você chegou na hora certa. Ainda temos que fazer umas coisinhas, e você pode nos ajudar. E, enquanto isso, o Texuguinho pode ir dar a boa notícia aos outros!

Na mesma hora o Texuguinho se levantou, pronto para correr.

— Vá, meu amiguinho — disse Sr. Raposo —, e diga que estão todos convidados para o banquete. É só seguir por este túnel que vocês chegarão à minha casa!

— Pois não, Sr. Raposo! — disse o Texuguinho. — É pra já! Obrigada!

O Texuguinho passou pelo buraco no teto do túnel e desapareceu.

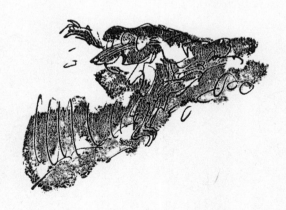

O superdepósito do Bunco

— Nossa! — exclamou Texugo — O que aconteceu com o seu rabo, Raposão?

— *Por favor*, não toque nesse assunto — disse Sr. Raposo. — É muito triste para mim.

Estavam cavando um novo túnel em silêncio. O túnel estava crescendo depressa, pois Texugo era um ótimo cavador. Logo eles estavam cavando por baixo de outro assoalho de madeira. Sr. Raposo deu um sorriso maroto.

— Se eu estiver certo, meu caro Texugo — disse ele —, estamos embaixo da fazenda do malvado Bunco. Para falar a verdade, acho que estamos exatamente na parte *mais interessante* da fazenda.

— Patos e gansos! — gritaram as Raposinhas, lambendo os beiços. — Patos macios e gansos apetitosos!

— *Isso mesmo*! — exclamou Sr. Raposo.

— Mas como você sabe onde estamos? — perguntou Texugo.

Sr. Raposo deu mais um sorriso maroto.

— Conheço estas fazendas como se fossem a palma da minha mão — disse ele. — Para mim, andar lá em cima é a mesma coisa que andar aqui embaixo.

Sr. Raposo ficou na ponta dos pés e pressionou as tábuas do assoalho. Em seguida enfiou a cabeça pela abertura.

— A-há! — gritou ele, saltando até o cômodo. — Acertei em cheio de novo! Vamos, subam, venham ver!

Num piscar de olhos, Texugo e as três Raposinhas já estavam lá em cima também. Ficaram boquiabertos com o que viram, tão maravilhados que parecia um sonho feito especialmente para animais famintos.

— Muito bem, amigo Texugo — declarou Sr. Raposo —, isto aqui é o superdepósito do Bunco! Nestas prateleiras ele guarda os melhores produtos de sua fazenda antes de mandar para os mercados.

Havia prateleiras por toda parte, e elas estavam cheias de patos e gansos apetitosos, depenados e prontos para assar. Também havia um monte de presuntos defumados e alguns pedaços suculentos de bacon.

Sr. Raposo pulava de alegria.

— O que vocês acham, hein? — gritava ele. — Não é uma maravilha?

De repente, as três Raposinhas e Texugo, que estavam morrendo de fome, avançaram para cima de toda aquela comida deliciosa.

— Parem! — ordenou Sr. Raposo. — Vamos com calma! *Eu* é que escolho as coisas aqui.

Então eles pararam, lambendo os beiços de fome. Sr. Raposo começou a andar pelo superdepósito, olhando tudo cuidadosamente. De vez em quando batia com o dedo num ganso ou num presunto. Estava com tanta água na boca, que um fio de saliva escorreu da boca e caiu no chão.

— Eles não podem saber que estivemos aqui — disse Sr. Raposo. — Precisamos deixar tudo limpo e em ordem, para ninguém desconfiar. Por isso só vamos pegar quatro patos bem gordos e macios.

Sr. Raposo correu até uma das prateleiras e foi pegando os patos.

— Nossa, como parecem deliciosos esses patos. Não é à toa que Bunco colocou um preço especial para eles no mercado... ei, Texugo! — gritou ele —, me dê uma mãozinha aqui... E vocês também, crianças, venham ajudar. Vamos lá... nossa, como vocês estão famintos, dá pra ver só de olhar... acho melhor levarmos alguns gansos também... três é o suficiente... vamos levar os maiores... e que tal levarmos alguns presuntos defumados apetitosos... adoro presunto defumado, sabe? Pode pegar aquela escada ali no canto?

Sr. Raposo subiu pela escada e pegou três presuntos defumados magníficos das prateleiras.

— E o que você acha de bacon, amigo Texugo?

— Adoro bacon! — exclamou Texugo, dançando de felicidade. — Podemos levar pelo menos um pedaço, aquele enorme lá no alto da prateleira.

— E cenouras, papai! — disse a Raposinha mais nova. — Precisamos levar algumas cenouras também.

— Que ideia mais boba — respondeu Sr. Raposo. — Nós não comemos cenouras.

— Mas não é para nós, papai, é para os Coelhos. Eles só comem legumes.

— Puxa vida, você tem razão! — exclamou Sr. Raposo. — Vamos levar uma porção grande de cenouras!

Rapidamente todas aquelas coisas deliciosas já estavam empilhadas no chão do superdepósito. As Raposinhas não saíam de perto, não conseguiam parar de remexer os focinhos e seus olhos brilhavam como estrelas.

— E agora — disse Sr. Raposo —, nosso amigo Bunco terá que nos emprestar aqueles dois carrinhos ali.

Então ele e o Texugo alcançaram os carrinhos e os abarrotaram completamente de patos, gansos, presunto, bacon e cenouras. Passaram os carrinhos rapidamente para baixo através da abertura no assoalho e desceram todos para o túnel. Sr. Raposo recolocou as tábuas no lugar. Fizeram tudo tão direitinho, que ninguém poderia imaginar que haviam estado lá. Então Sr. Raposo chamou duas das Raposinhas e disse:

— Agora vocês vão levar esses carrinhos para sua mãe. Corram o mais rápido que puderem! Digam a ela que o nosso banquete tem que ser digno de um banquete de reis, pois teremos convidados para jantar. Digam também que o restante de nós vai voltar logo, só falta uma coisa que precisamos fazer e que... eu a amo muito.

— Pode deixar, papai! — responderam as duas Raposinhas, e dispararam pelo túnel.

As dúvidas de Texugo

— Só mais uma visitinha! — exclamou Sr. Raposo.

— Aposto que sei aonde vamos — disse a Raposinha mais nova, que havia ficado com eles.

— Aonde? — perguntou o Texugo, curioso.

— Bom — disse a Raposinha —, estivemos no galinheiro do Boque e no superdepósito do Bunco. Agora só falta a fazenda do Bino. Acertei, papai?

— Acertou — disse Sr. Raposo. — Mas você não sabe a que *parte* da fazenda nós vamos.

— E qual é? — perguntaram Texugo e a Raposinha ao mesmo tempo.

Sr. Raposo fez um ar de suspense e disse:

— Esperem para ver. E agora... vamos cavar!

Os três cavoucavam a terra num ritmo alucinante. O túnel aumentava. De repente, Texugo parou de cavar e disse:

— Raposão, você não está nem um pouco preocupado?

— Preocupado? — perguntou Sr. Raposo. — Com o quê?

— Ora, com essa *roubalheira* toda.

Sr. Raposo olhou firme para Texugo, sacudiu a terra que estava grudada no bigode e falou:

— Meu velho e querido monte de pelos, por acaso você conhece alguém *no mundo* que não roubaria algumas galinhas se seus filhos estivessem morrendo de fome?

Houve um breve silêncio enquanto Texugo refletia profundamente sobre o assunto. Sr. Raposo continuou:

— Acho que você está exagerando um pouco com essa história de *roubalheira*.

— Não sei, não! Não sei, não! — respondeu Texugo.

— Olhe aqui — disse Sr. Raposo —, Boque, Bunco e Bino estão lá em cima, prontos para nos *matar*. Acho que você sabe disso, não sabe?

— Sei, Raposão, óbvio que sei — disse Texugo.

— Só que *nós* não vamos fazer como *eles*. Não vamos matar *ninguém*.

— É, acho que não — disse Texugo.

— Isso nunca passaria pela nossa cabeça — disse Sr. Raposo. — A única coisa que vamos fazer é pegar um pouquinho de comida daqui e dali, para ninguém morrer de fome. Certo?

— Não há outro jeito... — disse Texugo.

— Se *eles* querem ser malvados, problema deles — disse Sr. Raposo. — Mas nós, aqui de baixo, somos gente decente e só queremos paz.

Sr. Texugo inclinou a cabeça para um lado e sorriu.

— Raposão — disse Texugo —, eu amo você.

— Obrigado — disse Sr. Raposo. — E agora vamos continuar cavando.

Não demorou cinco minutos e as patas dianteiras de Texugo atingiram uma coisa lisa e dura.

— O que é isso? — perguntou ele. — Parece uma parede.

Ele e Sr. Raposo afastaram a terra para os lados, e lá estava: *era* uma parede.

— Que ideia mais esquisita construir uma parede por baixo da terra! — disse Texugo. — Quem será que fez isso? E por quê?

— Muito simples — respondeu Sr. Raposo. — É a parede de uma sala subterrânea. E acho que é exatamente este o lugar que estou procurando.

A adega secreta do Bino

Sr. Raposo examinou a parede com muito cuidado. Percebeu que o cimento entre os tijolos estava bem velho, e era só esfregar um pouco que esfarelava tudo. Então foi raspando o cimento até conseguir tirar um tijolo da parede. De repente, no buraco do tijolo, apareceu uma carinha feia com dois olhos pretos e brilhantes.

— Suma daqui! — disse a carinha. — Este lugar *já tem* dono.

— Puxa vida! — disse Texugo. — É o Rato!

— Bicho atrevido! — disse Sr. Raposo. — Sabia que ia acabar encontrando você!

— Suma daqui! — guinchou o Rato. — Desapareça! Este lugar é meu!

— Cale a boca! — disse Sr. Raposo.

— Não calo! — o Rato guinchou de novo. — Daqui não saio. Eu cheguei primeiro!

Sr. Raposo deu um sorriso enorme e seus dentes brancos e pontudos brilharam como faíscas.

— Escute aqui, meu querido Rato — disse Sr. Raposo —, eu estou morrendo de fome e acho que você daria um ótimo aperitivo!

Foi o suficiente. O Rato desapareceu. Sr. Raposo deu outras boas risadas e começou a arrancar mais tijolos da parede. Quando o buraco já estava bem grande, Sr. Raposo passou por ele e entrou na sala subterrânea. Texugo e a Raposinha foram atrás dele.

Aquela sala subterrânea era, na verdade, uma adega imensa, úmida e escura.

— É isso! — gritou Sr. Raposo.

— Isso *o quê?* — perguntou Texugo. — Não tem nada aqui dentro!

— Onde estão os perus, papai? — perguntou a Raposinha.

— Ele ama perus tostadinhos — disse Sr. Raposo. — Mas não precisamos dos perus do Bino, filhote. Já temos comida o suficiente.

— Mas, então, *o que* viemos fazer aqui?

— Olhem bem para essas paredes — disse Sr. Raposo. — Não estão vendo *nada* de interessante?

Texugo e a Raposinha fecharam os olhos e foram abrindo de novo, bem devagar, para se acostumarem com a escuridão. Só então perceberam que as paredes daquela sala subterrânea eram cobertas de prateleiras cheias de garrafas. Havia centenas delas, e ao chegarem um pouquinho mais perto conseguiram ler nos rótulos das garrafas: *VINHO DE MAÇÃ.*

— Papai! — sussurrou a Raposinha. — Meu Deus, papai! É o famoso vinho de maçã do Bino!

— *Exatamente* — respondeu Sr. Raposo.

— Que maravilha! — exclamou Texugo.

— A adega secreta do Bino — disse Sr. Raposo. — Mas façam silêncio, por favor. Esta adega fica bem embaixo da casa da fazenda.

— Vinho de maçã é ótimo para texugos — disse Texugo. — É como remédio, nós tomamos um copo grande três vezes ao dia e outro na hora de dormir.

— Agora sim, nosso banquete está completo! — concluiu Sr. Raposo.

Enquanto conversavam, a Raposinha estava tão entusiasmada que pegou uma garrafa da prateleira e tomou um gole do vinho de maçã.

— Uau! — disse ela, quase sem fôlego. — *Uau! Uau!*

O vinho de maçã do Bino não era como qualquer vinho barato de mercado. Era vinho de maçã de verdade, desses que ardem na garganta, queimam o estômago e fazem sair lágrimas dos olhos.

— Ah-h-h-h-h-h! — dizia a Raposinha. — *Isto sim* é que é vinho de maçã!

— Agora chega. — Interrompeu Sr. Raposo, e tirou a garrafa da Raposinha.

Mas Sr. Raposo não resistiu e também tomou um gole.

— É inacreditável! — disse ele enquanto retomava o fôlego. — Que delícia de vinho! É perfeito!

— Agora é a minha vez — disse Texugo.

Depois de tomar um gole imenso do vinho, Texugo quase caiu para trás, os olhos piscando, enevoados do álcool.

— Nossa, Raposão, isto aqui é a bebida dos deuses!

— Parem com essa droga de barulho — interrompeu o Rato, aos berros. — E devolvam a minha garrafa.

O Rato estava na prateleira mais alta da adega, espiando por trás de uma garrafa. Enfiado no gargalo da garrafa havia um tubinho de borracha, que ele usava de canudinho para tomar o vinho de maçã.

— Você está bêbado! — disse Sr. Raposo.

— Não é da sua conta! — guinchou o Rato. — E, se vocês continuarem com essa bagunça, seus idiotas, os homens vão acabar descobrindo a gente aqui! Caiam fora e me deixem beber em paz.

Naquele exato momento, uma voz de mulher gritou da parte de cima da casa:

— Depressa, Mabel, traga o vinho! Você sabe que o Sr. Bino não gosta de esperar! Principalmente depois de ter passado a noite inteira numa barraca!

Os animais ficaram paralisados de medo. Ficaram totalmente imóveis. De repente, *crééééé*. Alguém abriu a porta da adega. *Tóc-tóc, tóc-tóc*. Alguém estava descendo a escada de madeira que levava até as garrafas.

A mulher

— Escondam-se! Depressa! — sussurrou Sr. Raposo. Ele, Texugo e a Raposinha subiram numa das prateleiras e se encolheram atrás de uma fileira de garrafas cheias de vinho. Uma mulher gorda desceu até a adega. Ela parou de repente, olhou para um lado, olhou para o outro lado. Fez um barulho esquisito com o nariz e foi direto na direção onde Sr. Raposo, Texugo e a Raposinha estavam escondidos. Quando parou, a única coisa que a separava deles era uma fileira de garrafas de vinho. A mulher estava tão perto que dava até para escutar a sua respiração. Espiando pelos vãozinhos entre duas garrafas, Sr. Raposo viu que ela estava carregando um enorme rolo para massa.

— Quantas garrafas eu pego, Dona Bina? — gritou a mulher.

— Três garrafas, Mabel! — gritou a voz lá de cima.

— Mas ontem Sr. Bino tomou quatro, Dona Bina.

— É, mas hoje ele vai tomar menos! — gritou de novo a voz lá de cima. — Ele disse que hoje aquela raposa sai da toca com certeza! Ela não vai aguentar mais um dia sem comer.

A mulher estendeu o braço e pegou uma garrafa de vinho de maçã da prateleira. Por um triz não pegou a garrafa que estava escondendo o Sr. Raposo.

— Não vejo a hora de essa raposa nojenta aparecer bem mortinha! — exclamou ela. — E, por falar nisso, Dona Bina, seu marido prometeu que ia me dar o rabo da raposa de lembrança.

— Xi, Mabel, você está sem sorte! — gritou Dona Bina lá de cima. — O rabo foi destruído, você não sabia?

— *Como assim?*

— Meteram bala no rabo da raposa, mas ela escapou mesmo assim.

— Que droga! — disse a mulher. — Eu queria tanto aquele rabo!

— Ah, mas você pode ficar com a cabeça, Mabel. O que você acha de empalhar a cabeça da raposa e pendurá-la na parede do seu quarto? Agora suba logo com o vinho!

— Sim, senhora — disse a mulher, pegando mais uma garrafa da prateleira.

Sr. Raposo estava apavorado. *Se ela pegasse mais uma, eles seriam descobertos.* A Raposinha tremia sem parar e Texugo suava frio.

— Acho que vou pegar só duas garrafas, Dona Bina! — gritou a mulher.

— Ora, Mabel, traga quantas quiser, mas ande logo!

— Então vou levar duas mesmo — disse a mulher. — O Sr. Bino anda bebendo demais.

A mulher voltou para a escadinha de madeira levando uma garrafa em cada mão e o rolo para massas debaixo do braço. Antes de começar a subir os degraus, ela deu uma cheirada no ar.

— Esta adega está cheia de ratos, Dona Bina! — gritou ela. — Estou sentindo o cheiro.

— Então venha buscar o veneno aqui na cozinha e depois espalhe por todos os cantos da adega.

— Sim, senhora — disse Mabel.

Assim que a mulher fechou a porta, Sr. Raposo saiu de trás das garrafas.

— Depressa! — ordenou ele. — Cada um pegue uma garrafa e saia correndo!

— Eu não disse? — guinchou o Rato. — Fomos descobertos. Agora tratem de sumir daqui e não voltar nunca mais, seus idiotas. Este lugar é meu!

— *Você* vai ser envenenado — disse Sr. Raposo.

— Bobagem! — disse o Rato. — É só olhar onde irão colocar o veneno e não chegar perto. Ela *nunca* vai me pegar!

Sr. Raposo, Texugo e a Raposinha atravessaram correndo a adega, cada um levando uma garrafa cheinha de vinho de maçã.

— Adeus, Rato! — gritaram os três, desaparecendo pelo buraco da parede. — E muito obrigado por este vinho delicioso!

— Ladrões! — gritava o Rato. — Assaltantes! Bandidos!

A grande festa

De volta ao túnel, eles pararam um pouco para que Sr. Raposo recolocasse os tijolos na abertura da parede. Enquanto ia tapando o buraco, ele falava baixinho:

— Ainda consigo sentir o gosto daquele vinho de maçã delicioso — disse ele — Que sujeitinho sem-vergonha aquele Rato!

— Não tem um pingo de educação — disse Texugo.

— Para falar a verdade, nunca vi um rato bem-educado em toda a minha vida.

— E além disso ele bebe demais — disse Sr. Raposo, colocando o último tijolo no lugar. — Bom, acabamos! Agora, vamos ao banquete!

Eles pegaram as garrafas de vinho e saíram correndo. Sr. Raposo ia na frente, seguido pela Raposinha, e por último vinha Texugo. Corriam à toda pelo túnel. Passaram pelo desvio que levava ao superdepósito do Bunco, depois pelo que ia dar no Galinheiro-Número-Um do Boque, e então começaram a subir pelo longo caminho que levava à toca da Raposa.

— Não desanimem! — gritava Sr. Raposo. — Vamos chegar daqui a pouco! Pensem na comida que nos espera! Pensem neste vinho de maçã delicioso que estamos levando! Pensem na festa que vamos ter!

Enquanto corria, Sr. Raposo ia cantando:
Estou de volta, e não vou sozinho
Levo amigos, comida e muito carinho.
Quero primeiro beijar minha amada
Depois um pratão de galinha ensopada
E pra terminar uma taça de vinho.

Texugo também se pôs a cantar:
Estamos chegando ao fim do caminho
Quero comer um pato quentinho
Não estou aguentando esta fome danada
Também quero pastel, croquete e empada
E pra terminar uma taça de vinho.

Ainda estavam cantando quando contornaram a última curva do caminho e deram de cara com um espetáculo deslumbrante: uma imensa sala de jantar tinha sido escavada pelos que ficaram ali. Bem no meio havia uma mesa enorme e sentados ao redor dela estavam Dona Raposa e três Raposinhas, Dona Texugo e três Texuguinhos, o casal Toupeira e quatro Toupeirinhas, o casal Coelho e cinco Coelhinhos, e o casal Doninha e seis Doninhazinhas.

A mesa estava abarrotada de frangos, patos, gansos, presuntos, bacon e cenouras. Os animais não aguentaram esperar por Sr. Raposo, Texugo e a Raposinha, e já estavam todos comendo.

— Querido! — gritou Dona Raposa, levantando-se e abraçando Sr. Raposo. — Não conseguimos esperar! Mas sei que vocês vão nos perdoar!

Então ela abraçou a Raposinha mais nova. Dona Texugo também se levantou e abraçou Texugo, e todos se abraçaram. Todos gritavam de alegria quando as garrafas de vinho foram colocadas na mesa. No fim, os animais voltaram correndo para seus lugares e Sr. Raposo, Texugo e a Raposinha sentaram-se também.

Eles estavam com tanta fome, que durante um bom tempo só se ouviam os *nhac-nhac* das mordidas e os *tec-roc-roc* dos dentes mastigando, roendo e mastigando de novo toda aquela comida deliciosa. De vez em quando, também se ouvia um *glup-glup... uau!* de quem tomava um gole do vinho de maçã.

Quando acabaram, Texugo se levantou, ergueu uma taça de vinho e disse:

— Um brinde! Quero que todos vocês se levantem e façam um brinde ao nosso querido amigo que hoje salvou as nossas vidas: o Sr. Raposo!

— Viva o Sr. Raposo! — gritaram todos, de pé com as taças erguidas. — Viva o Sr. Raposo! Que ele viva muitos e muitos anos!

Dona Raposa também ergueu a taça e disse:

— Não vou fazer nenhum discurso. Só quero dizer uma coisa: MEU MARIDO É UM RAPOSO FANTÁSTICO!

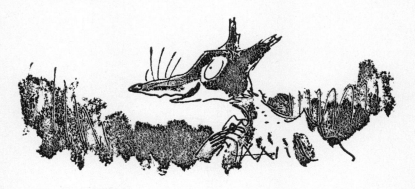

Todos aplaudiram e trocaram brindes. E então foi a vez de Sr. Raposo falar:

— Esta comida deliciosa... — ele começou a dizer, e parou.

Seguiu-se o maior silêncio. Todos ficaram olhando para ele. De repente, Sr. Raposo soltou um imenso arroto. Todos caíram na gargalhada e bateram mais palmas. Então ele continuou:

— Esta comida deliciosa, meus amigos, é uma cortesia dos Senhores Boque, Bunco e Bino. Espero que tenham aproveitado tanto quanto eu.

Aí, sim, todos riram ainda mais. Depois de muitas risadas e muitos brindes, Sr. Raposo voltou a falar:

— Agora, meus amigos, vamos falar sério. Temos que pensar no dia de amanhã e em todos os outros dias que virão. Para começar, se sairmos daqui vamos ser mortos na hora, certo?

— Certo! — responderam todos.

— Vamos levar um tiro antes de dar um passo sequer — disse Texugo.

— *É isso mesmo* — disse Sr. Raposo. — Mas, sinceramente, quem *gostaria* de sair? Somos todos cavadores e não nos damos bem no mundo lá fora. Para nós, é um mundo cheio de inimigos. Só saímos porque temos que conseguir alimento para nossas famílias. Mas agora, meus amigos, temos uma grande novidade: um túnel muito seguro que vai dar nos três melhores depósitos de comida do mundo!

— E temos mesmo — disse Texugo. — Eu vi todos eles!

— Sabem o que significa isso? — perguntou Sr. Raposo. — *Significa que nunca mais teremos que sair daqui!*

Na mesa os animais se agitavam e comentavam entre si a proposta do Sr. Raposo, que continuou falando:

— Portanto, convido todos vocês a viverem aqui comigo para sempre — prosseguiu Sr. Raposo.

— Para sempre?! — exclamaram os animais. — Que maravilha! Nunca mais vão atirar em nós!

— Vamos fazer uma cidadezinha subterrânea — prosseguiu Sr. Raposo —, com ruas e casas para todos nós.

Cada família terá a sua casa. Os Texugos, as Toupeiras, os Coelhos, as Doninhas e as Raposas terão suas casas particulares. E todos os dias irei buscar comida para todos. E todos os dias comeremos como reis.

A alegria tomou conta da mesa. Os animais se abraçavam, se beijavam, riam de felicidade.

Ainda esperando

Lá fora, na colina esburacada, bem ao lado da entrada da toca da Raposa, Boque, Bunco e Bino continuavam sentados segurando as espingardas. Começava a chover e a água descia jorrando pelo pescoço dos homens e empoçava os seus sapatos.

— Essa Raposa vai ter que sair daí — disse Boque.

— O bicho deve estar morto de fome — confirmou Bunco.

— Isso mesmo, ela vai tentar escapar já, já — disse Bino. — Fiquem atentos!

E lá ficaram sentados, esperando a Raposa sair.

E, pelo que sei, estão esperando até hoje.

Este livro foi composto na tipografia Adobe Caslon Pro,
em corpo 12/16, e impresso em
papel off-white no Sistema Cameron da
Divisão Gráfica da Distribuidora Record.